叙情詩歌集

Blue Moon Tanzanite

雨津　秋
Megumi Amatsu

東京図書出版

Impressional

To shun the heaven that leads men to this hell

先導者達は地獄を免れる
地獄へ導く天国を免れんため

　　　　　　　　シェークスピアより

目 次

Impressional

10 詩歌 Poetry

瑞木 ········ 8

天上の梯 ········ 9

糸くり車 ········ 10

裏切りと嘘 ········ 11

セイルロッキングボール ········ 12

見月　下弦の黄色 ········ 13

見月に捧げる詩　ミーミーへ ········ 14

ホイップの角 ········ 16

暁馬　ミツク ········ 17

シヴァの狐 ········ 18

叙情ピエロ ········ 19

見返り孤 ― CON ― ········ 20

鏡の国の冠者達
　　　（見失われた厳かなジャポニズム） ········ 22

新月の行進曲。········ 23

影踏みのワルツ　誓い祈る ········ 24

スクウェア　青い目のティア ……… 26

チューブ　ポンピン ……… 28

トランテアン ……… 29

戸扉 ……… 30

尾ヒレ ……… 31

背ヒレ ……… 32

手ヒレ ……… 33

エスペクト ……… 34

Port pool ……… 35

R. Born ……… 36

暗号 ……… 38

登る太陽と青い月 ……… 39

Blue moon Tanzanight ……… 40

11 翻訳 Put

自然は鏡　序／
The Phenomenal natural is mirror -prologue- ……… 42

落葉ひろい／*Collectes fallen leaves* ……… 44

悲しい三日月／*Sorrowfully crescent moon* ……… 46

ケミストリーゲノムズ／
Crystal chemistry genomes ……… 48

白い龍と月に帰ったかぐや猫／
White Dragon and returned to moon at Kaguya cat ········ 52

bemolle b3／*bemolle b3* ········ 62

12 季候 *season*

冬蛍 ········ 66

焼岳に望う ········ 67

玉南緒花 ········ 68

イナミ ········ 69

白ら浜 ········ 70

月花鏡明 ········ 71

志摩 ········ 72

Volonté ········ 73

海凪のサンセット ········ 74

Coucher de soleil ········ 75

13 短歌 *uta*

東京女一人旅 ········ 78

東京女一人旅 ········ 80

東京女一人旅 ········ 81

寿司の一日 ……… 82

恋幟 ……… 84

希絆 ……… 85

お伽草子 ……… 86

お伽草子 ……… 88

蛍の里 ……… 90

実母　ミエ子へ ……… 92

夢路 ……… 94

黄泉の時 ……… 96

黄泉の時 ……… 98

三国 ……… 99

三国嫁 ……… 100

一本儀 ……… 101

千畝 ……… 102

連歌 ……… 103

紫色づくし ……… 104

一献一吟 ……… 105

鬼玉輿 ……… 106

逸話 *Anecdote*

エピローグ　心の指紋より ……… 108

The Sunchaser ……… 109

半蔀（吹聴風刺） ……… 110

Anecdote Demi-longueur Satire soufflante ……… 111

英文翻訳　Megumi Amatsu
装画・写真　Meg. O

10

詩歌

Poetry

瑞木(ミズキ)

8月の風聲(サワメキ)が瑞々しい薫風。
翡翠の爽やかな香り(ハーブ)と
窓辺に目を細めてまぶしげに
銀色の反射光を眺める。
オブジェのアンバランススプーンと
透明なグラスに映り込んだシルエットの
潜める息遣いが別世界への窓口を創る…
光だまりの揺らめくビードロ(と)
勾玉みどり豆、古来むらさきレンズ豆
操るロウ付け糸で括(クク)る
添えて誂(タワム)れる祈りの言葉　誄　たたえて
鏡の世界のラプソディ。

天上の梯

上層階の窓からは、
ユニバーサルワイドポジション
上向き揚がりの流れる風布。

横長珠の通路の
組立の箱の枠枡目
天井梯からの黄色のロープ
フロムナード目印を添^{タヨ}って、
イメージグラフィックデザイン。

ガラスのウロコの様なライトアップ
瞳の前に華麗^{ハナヤグ}
真夜中の光の核酸　儚^{アヤウ}げな封さ
NUCLEIC ACID
アイガモの羽根に変えてデコラージュ
グラディエイトコーティング。

糸(イト)くり車

シーリングファンがラインで紡ぐ(ツム)

心の数々のもやもやの
モールの溜を啄んで(タバリ ツイバ)
細く長く毛羽立てて
コロコロ、クルクルと捻る(ヨジ)。
あなたは、何処に居るの？
異境の地へ　継ぐ。
軋みを響かせて…
カラカラ、カサカサと応えて(コタ)…。

モンテラスの葉をそよがせて…。

裏切りと嘘

不揃い歪(ゾロイビツ)さは、弧性(状)の不安。
ひっそりと互いを求め合う。
掻き立てられたソワメキは、
古めかしいホールクロックの
秒針の撥(ハ)ねに似ている。
留まっている根深い撓(タワ)め過ぎる想いと
命の尊さと情愛で築かれた壁の中での
堰(セ)き止め守る懐古的な幸せを思わせる。
皮肉な無言の嘘の、最後の裏切り…。
示し合わされた仮想偽計の口裏合わせ…。
羽交い締めの霊と軀(カラダ)。
もう手に触れる事もない。
もう手をにぎる事もない。
もう喚(ワメ)き叫ぶ事もない。
心を引き裂かれた日々。

セイルロッキングボール

小高い丘から軽がる
スケルトンのエアーロッキングスタイル
球体内でのペダルウォーク
勢いをつけて　湖面へ滑り出る
ECO気流の水面噴射でカービング
アスレチックボールは、ふんわり
3、2、1　ホッピング
背高のネッシー上昇参上
その日気分のリズムバランスの
インジケーターフレーズCPW
挑め　風のクリュと共に
AIフォールにバウンディング
noon nu: n

見月　下弦の黄色

黄色い瞳の君は、
すねた濁った不透明な、
想像の付かない未来を不安気に感じて、
首を傾(カシ)げて問い掛けていた。
すぐ側の手の平の愛に
無防備に近づく事ができず、
いつもがっかり…うつろになる。
哀しい哀しい尖ったヒゲ。
勇気を出して毛つやを逆立てて
少しだけお澄ましてみる。
僕は、ここにいる、ここにいるんだ。
お姉ちゃん！

見月に捧げる詩　ミーミーへ

まだ続いている温もりに、
微笑ましくほんのりとほころぶ、
どんなに悲しい毎日でも、
君がいるだけで…
生きている意味を実感できる。

クネクネ歩く後ろ姿は、
いつも半分のベソカキ。
膝に置く肉球と引っ掻き爪、
回る廻る季節(トキ)の輪が広がる続く。
宙の星が瞬く夜に、
優しさを注ぐ限りある宝石達に、
一緒に手の平でオネダリしてみたね。
確かに、暗闇の中丸く輝いた冒険心に、
風船のように期待を大きく胸に
膨らませながら暖めあった。

毎日毎日、同じ時間に同じ場所、愛の確認。
僕達の忘れられない為の生き残る為のコツ(ツヅケ)。
毎日毎日、同じ時間に同じ場所、
ただ待ち続ける。
私達の命の誇りの為の、努力の証の印。

守る母になる。
育む母になる。

愛を満ち注ぐ。
就るように自然になれ。
鳴るように自然になれ。
成るように自然になる。

風鈴の小さな呼び聲、思いを響(ツタ)えて、
届く届く自然に広まる。
テレパシーに願いを込めて念じる。
交ざる交ざる自然に彩る色で溶ける。
しぼんで挫(クジ)けた…
何かを追い求めて待っていた時の
塀にもたれて、ユリ籃(カゴ)の詩。
しゃがみ込んでの…見月の詩。

ホイップの角

木枯らしの冷たさに
頬にうっすらと膜 通(ユキワタ)る。
一人でいる事の充実感の幸福と
隔(ヘダ)たりの拒絶の壁風に沮(ハバ)まれて
レールのように歩く、
間を保って平行線に…進む。
逆さ向き反対登りをしてみる。
白く煙る息の流れと蒸溜りの沁(ジョウタマ/シミ)になり
身から涙(ウルオ)す循環の恵み。
空宙へと描く想像のちっぽけな夢は、
露の十字の耀きを仰いで、浴(アビ)て、
わずかに見方につける。
敵の彼等のドアの世界へと
時間を過けて成り込まれたホイップの
雲が角を起(ツノ/タ)てて威嚇する。
かろうじて、セロンで密封して
逃げた逆げ場(サマタ)のぜんまいの家の
机の本の抽出(ヒキダ)しにそっと、錠…
希(ノゾミ)をひっそり隠し持つ。

暁馬(アカツキ)　ミック

朝まだ辺りは、薄暗い。
点々と灯(トモ)る明りが鈍(ニブ)く光る。
白銀の世界に大粒の雪、手も氷りそう。
弾力のある伸びた立髪に
ガッチリ丸くコロンとした巨(オォ)きな身体…
ばん馬…スクッと一点を見つめている
その凛とした淀みのない瞳には、
何が写っているのか？
一歩一歩着実に前に進もうとする
何の困難にも負けようとしなかった
その姿は、控えめさにこそある底力、
生命の尊さ力強さをいつも教えてくれた。
挑(イド)む、陟(イド)む　圧倒的な存在感…
之袷(ユキ)　誇りに思うミック。

シヴァの狐

濁(ウトン)りを嫌じ、白夜の狐の群れとなる。
覆(オオ)うことのない木槿(ムクゲ)の澄(スメル)
血に浄めぬれば、血にて浄めたまえる。
秘かにその時を狙い待つ。
十字架に嘲りを任せ、
飛び散ったステンドグラスの
屑のナイフとなり尖り、
毒を帯び鋭く青銀(アオジロ)く光る。
言葉の真実は、いずれ形をなくし、
わずかに今ぞゆく、主よ。
シヴァの神めまぐるしく裁く。
確かに声を聞けり…

　　　　　　　　　　抜粋讃美歌五一五番

叙情ピエロ

　不透明な見えないバリアの網線、押しては跳ね返される壁に立ちはだかれ、叩いて傷つく自閉的な毎日に、彼は藻掻き叫ぶ声も失ってしまう。凍てついた氷河の鏡の中に沈み、一定の視野と感覚を頼りに嘆く理由でもなく、泣く理由でもなく、ただ一定の視野で見つめる、見つめる、心の眼で見つめる。

　操り人形のような動きでバレエターンをする。つま先のゼンマイ刻みで細かく細かく刻む。張り詰めた鋼(ハガネ)の心と、痛み伴う自由で回る回る。戒(イマシ)め煽(アオ)けだるいピエロの挙の十字架で回る回る。宙(ソラ)を目指して自転(マワ)る衛星。流星群の向うのドア、澄み渡った彼方の美しい星を追い求めて…。

　全ての力が抜けた最良のタヒ。

　銀色の世界　止る瞬間、

　青白く氷る。身も氷る。

見返り孤 — CON —

　静寂な夜に虫の声だけが語り掛ける。丸提灯の蠟燭の火色に似た月が、赤い滲みを溶かして(マルトウロウ)いる。四枚合わせた真四角な古びた節目のある丸井戸板の隙間から、僅かな細い一筋の光矢が差し射ると、ホォンと小さく息を吐きかけるように呼ぶ。その淋しげな孤は、何処からか頬をヒンヤリと撫でる気配がすると、優しく、長く、悲しく目を閉じた。
　蠢く霊達が、裂け目から姑息に群れ出る。こ(ウゴメ)(イデ)れまで目の当たりした事のない…触れてはいけない、感じてはいけない、身危ういもの…それでも、まだ、待ち侘び続ける思い。
「歪んだ世界の何処かに君がいると信じて…僕(ヒズ)は、失心しそうになりながら虚と孤を彷徨いここに居る。息をついて…いつもここに居る。足先の冷たさが身体中に伝わるまで…君みたく。」
　松虫達のさわめく声が心に響く、シンとした藍の闇の夜に白く浮かび上がる蒼爽とした後ろ姿の銀が、淋しげに座り待つ。君を呼ぶ。君を呼ぶ。君を呼ぶ。揺らめくこの葉のように騒ぎ出す心、振り返り見て鼻で鳴いたら、君の声が間遠く応えた。柔らかく淑やかに動く煜被毛、(マトオ)(コタ)(シト)(ヒカル)優しげな富久切れ長の眼…いつも側に感じてい(フク)たい。
　昨晩幻た吸い込んでしまった背中に上がって(ミ)(ア)

しまった霊達は、物語る。僕の心の中の記憶を探しあぐねながら、言葉なく尋ね続ける。袋の中から、仕舞い込んだはずの物を引き出すかのように。過去暮した小花の花びらが風に戦いで導くかのように。
「君は、幸せと共に…」
「君の秘密の有加に、住む。」
「僕は、明かりの元で…」
「僕の基地の砦(トリデ)で、緩(カン)を待つ。」
「君を呼ぶ。君を待つ。」
「巣(アジト)で息む。」

鏡の国の冠者達（見失われた厳かなジャポニズム）

引き込まれた問いかけだらけの鏡の国、
罵倒(バトウ)、ののしり、妬(ネタ)み、はたき、貶(サゲ)すみ。
藻掻(モガ)き迷う者、鋭(トガ)く尖る者、嘆き唸(ウナ)る者、
泣き崩れる者、ひた隠し狙(ネラ)う者…
憎(ゾウ)愛の悲哀のみを感じる。
グレープ色に染まる荒野のコントラスト
薄雲からのグラデーションと共に
融(トオ)る、歪(ユガ)む。

　どんよりとした鉛色の国では、筋めかしい稲妻が槍のように大地に突き刺さり、勇者は、風に向かい出(イ)て魔物を切り、哀しげに叫び、無表情にもの狂う。旗を掲げて翻(ノロ)し、意味深げに戯(アザ)けて笑う。

　一心に飛び込み、時間の狭間の摩擦と衝撃の流星群の壁に抑圧される。身体の硬直と、歪(ヒズ)んだ見え方…押し止め固められた情動。馳(ハゼ)るような足音、激しい息づかい、固執的な熱情を持ってナイトは駆けてくる。鋭くけたたましく割れた鏡の破片を身に絡(マト)って…

　　望むものが違う二人が、
　　一瞬の出会いで…余韻を心に残す。
　　運命を感じて…

新月の行進曲。

偶然の宿命と必然を感じとって…
大切な大事なものを守る為に、
然から成る宙核殻(チカクカラ)に
ともしびと共に正気（生命）の歌を得て
内なる志念に導かれる。

言霊の重みに身を委ねて、
栄華の余韻に浸り明かす
一時の耀きに儚い夢を見て笑う…
影の道化のほころびと叫び。

周りの見るもの全てが、調和のエレジー。
慈愛しみと拮抗の葬送の鎮魂。
静寂な哀しい悲しい…行進曲。
愛を喪(ウツ)った冷たい…行進曲。
今皆無の…始まりの行進曲。

影踏みのワルツ　誓い祈る

月の光(アカ)りの影踏みは、
冷んやりとした空気と
寂(シズ)かな夜露の絵画の世界。
幾つもの扉(トビラ)が迎え入れるまで、
温かなワルツのリズムで…
語り掛けましょう。
見えない想慕(オモカゲ)を追うように、
流れるリズムのステップを踏み進める。
光の反射の赤色青色金色銀色は、
浮かび導き息吹で上がる。

ゆっくりゆっくりと
斜めの飛び石を渡り終えて、
戸吹(トブキ)の息を雪(ソソ)ぐ。
風笛の遠吠えは、あなたとの思い出、
赤土のじんわりとした温もり…
曲がりくねった木々との隠れんぼ
「渋味のある」は、いつも側にある。
どこに居てもいつも横にある。
誓い、愛い、近い、契い…、違い。

眠る鳥達は、守り嘘領いて、
羽を伸ばして夢で運ぶ。
夜の虫達は、互いにコーラスの
ハーモニーを絡めながら、

羽鈴(ハネスズ)を震わせ響聴(ヒビ)かせる

月の光りの影踏みのワルツの
ゆっくりとした歩調のリズムの
疑いの謎かけの逆(サカ)上がりのタンゴ。
半拍遅れの幾何纏(キカマトイ)のステップ、
何度も何度も繰り返される。
満つから下弦の束、波累(ソカカサ)ねる。
ピンと張りつめた手の汗が、
柔らかなリボンの白光と共に
祈る、命る、去る、祓る…、相(ソ)る。
心通わせて潤(メグミ)を求める。

月の光り影踏みは、
冷んやりとした空気と
寂かな夜露の絵画の世界。
数(イクツ)もの窓(マド)が迎え入れるまで、
しなやかなワルツのリズムで…
語り掛けましょう。

スクウェア　青い目のティア

僕の待ち合い席は、長いベンチの
黒いフチの手の特等席。

浮かび上がるような丸い時計の
暗示をかける太い針の魔女は、
何かを大事に抱えて…
見渡す街の空を飛ぶ。
指し示す救いとなる者の面影を追う。
そんな印象的な照射に背中を向けて、
僕の見つめ続ける場所は、
ひっそりと声を漂わせながら存在する。
時にはハッキリと風音を震わせながら、
迫(セマ)る、被(カブ)さる、志する想いを
切なる望みの性根(ナチュレ)として支配する。
毒々しい束と黄色の濁り気のない
伏々(ミズミズ)しい点描は振粒子の隆起を
うねらせる生き物に蘇らせる。
スペクトルとスクウェア　反発の共鳴
掛け離れた矛盾　一定の間隔の硬直
反対側の世界のお招き微笑。

そんな隅っこの歪(ヒズ)みと七色の奇裂の
窓口に注意を計らいながら…
僕は鼻を伸ばして、息を吹いて、
青い目で見つめつづける。

瞬(マタタ)く芙蓉の花のクラシカルダンス。
どこかに…どこかに…ティア、
青い目のティア。

モントーバンの戦士
Emile-Antoine BOURDELLE
姫路市美術館庭園彫刻

チューブ　ポンピン

スノードームのキャンプ場に
マーク付きの旗を起てて
選んだ箱は、ガーデンハウスの二階。
梯子が付いた木のベランダは
誰よりも何よりも息遣いが湿っていた。
彼等の痕跡は、今も次継けている。
「多分私は、ずっと生きていない、違いない、
違いない。ずっと前から生きていない。」
フォールにて仕組まれた罠と毒
指の間から擦り抜けて消える棘
酔う香木幸
見えないジェルのイオンボール
巻いて伸びているコールラインの
チューブ　ポンピン　繋いで
哀しき悼みの虚呼の　繋いで…。

トランテアン

動きのある雲の間から垣間覗(ノゾ)く
酸味を帯びた濁ったオレンジ色の海
一部だけ反転のセピアブルーの空
ロマネスクの天使の空　テンペラー
鬼雲丹のレアー四つ葉のサンセット
カラス色殻器の海老タルタロス
お皿の上に乗っかって威嚇する塊と
間近で眺(ミ)ている夕凪のイレージング
シュガースウィートのトランプロール
ボーダードライブの岐点マークフラッグ
胡桃(クルミ)の葉の柔和な憂(ウレ)ひ

Lost cheer

Lost chair

華やぐカーニバルナイト

戸扉

フラッグカード4の左周り舞わり3時
ルイス基板を傾けて凌ぐ、
360度でシーソーゲームは入れ違う。
羅針盤の十字は涙色に輝き
希い絆の9を辿って
浮波とトンネルを抜け出る。
ピンポイントジャッジゲーム…
軌道の中心から願う。

7年前の君に会う。
今の自分に累ねる。
祈る…駈る。
裏切りの世界へ向けて…。
策謀の崩壊、暴力の自滅。
呪う　続くアンバランス。

尾ヒレ

煌(キラ)びやかな偽物は、なびかせ泳ぐ。
尾ヒレを揺らして魚のようにすり抜け、
ヒゲを濡らして笑う。
浴びるように飲みあおり、
騙(アザム)いて火の喋眈(チョウカツ)を吹いて、
転げ回って眠る。

背ヒレ

水色の空と根っこ達に守られて、
サビとかオリの呟きが、小さく固まる。
風に促されて地の上に
踞(ウズクマ)るように、石のように円くなる。
背ビレを寝かし付けて尖らない。
なじませて傷付かない。
抱きかかえ合った身を守る丸い幸せ。

手ヒレ

軌跡を残す為の芸術家は、
身を翻弄して、形と成す気迫で
ブルブル手ヒレをたじろがせながら、
心層手理の表現を然萌(ネンホウ)させる。
震(タカブ)りながら宙を仰いで…
虚に住む。

エスペクト

都心の高層ビルの谷間や隔壁から…
繰り広げられる扉のセキュリティファクト

多角異核性に聳え立つ黒い囲いのコア
怒濤と慟哭は届かない。
中身の透過反響しているジャングルジム
物理的化学振動は、長く繋がって
芯柱がマントルにまで伸びているかのよう…
吸収され固まって置き去りにされ、
硬石になって閉じ込められている。

灰色の虚像の街で
秘められたカンタムインジケーター

He expect to happen for something.
Will believe.

Port pool

cosmos　空宙から
fall　注がれる
physical　身体内へ
opened　繰り広げられる
maintain　支えて
port　僕を

Deep sea　青く冷たく覚める
Stm Views　孤立のシステム
Blood relative　マンボウ魚のバルーン
Genius pulsar　覚醒するパルス
trans missive post　返(こた)えて
Pool(オズの泉)　僕に

R. Born

覚えている限りの熱情と
哀しみと痛みの激しい絶望

記憶のぼやけた磨りガラスの<ruby>磨りガラス<rt>ボヘミアバカラ</rt></ruby>の
尖っ指先で下まで引っ掻く。
幾何学的な聖音に似たかすれた音
傷口から混ざり合う初まる螺旋クロス
定まらない焦点と雑多音の響き
真空管の中の静止の一瞬の日常にだけ…

何の目的もなく空を浴びる
物悲しくなって後ろを振り返ると
人の波から取り残された自分だけが、
虚空の世界の別の異時間を飛んでいる。
ざわめきを感じている心を游われている。

愛おしく思えるシュナウからの
散りばめられたクラドニ図形空間神可動
ちっぽけなリップのPLのURの中から
起伏の凹凸の欲望への溢れだす反発心で
古めかしい伝承の摩擦の
隆起を際立たせてしまう。
独裁のRNA遺伝子の悪循環
(ホモリボゾーム)

不純なジェラシー　ドッペルゲンガー
衝撃と愛のSEコーディネート
限りある絶望と息継ぎのいる熱情。
重ねた数だけの絆と傷
グラスの微やかな泡の中の
涙の十字架は黄色。

暗号

近接にスタジアムのある住宅地での…
森　柵鬼ゲーム

  Morimo-uto-n

謨	里	母	乎	度
藻	李	護	尾	杜
毛	裡	亳	處	土
裳	梨	喪	緒	途

  Mall-more-most

登る太陽と青い月

君の見抗(ヒラキナゲ)いたおびえる瞳には、
不信と恐れともしかしたらの希望を携えて
隙から眺覘(ノゾキミ)ている逆膨(サカサフク)らの…
楕円の中の水球の真っ直ぐな点光の
濁りの無さに安心感を覚えて、
誰かの濁った被膜の現形(ゲンジツ)を今に重ねる。

君達の宿命の半分ずつに
神様は、手を射し伸ばす使者として、
恍(マタタ)く羽褶(ヒダ)の影を運び手とする。
孤(コ)と自(オノ)ずから確(キマ)りくる泣き鳴く事の意味を、
隔(ヘダ)てて悲しく愛(イト)おしく爪を搔(タ)てて
大切な声を忘れたセレナード。

ピアノの音の甲(カン)高い揵(ケン)板のシの響きの
半月の短めの長さのプロムナードメロディ。
サンライズ　オン　ブルームーン
登る太陽と青い月

Blue Moon Tanzanight

まだ夜明けの兆しが広がる眺望の
大地の乾いた息遣いのリズムが
心地良さを棒ぐ　Sunrise
目覚めの天使のエーテルに柔らぐ
この世に生れ、宿命(モ)を保ち
そっと付き添う　night
蛇と十字架に似た斜木(シャモク)
赤黒い枝のはがれた表面の皮
引っ掻かりささくれに凝(コ)らす
眼のまだらなネオン色の宝石
ゴシックセルアイス(th)
打ち砕かれたくない青、黄、紫
凝視する蜥(トカゲ)
支えるべきして希む　blue moon
安息の瞬間を求めて

11

翻訳

Put

自然は鏡　序

人間も、自然の一部。
溶け込めば、溶けこむ程、
本来の自分に戻る。
自然は美の鏡。
私も、身を委ねる。

The Phenomenal natural is mirror –prologue–

A humans too is a part of natural.

The more you blend in... the more...

Retrace glasses myself.

The phenomenal natural is beautiful earth mirror.

Once more, I surrender to will...

落葉ひろい

あなたと登った山道は、
道端に広がる赤色と黄色の落葉の絨毯、
色付く葉の隙間から
差し込む光が輝らしていた。
空と秋風が誘い込む思い出の中は、
いつもキラキラ生きたまま…
一人で登る、なんだかわからない山道は、
無我夢中だった。
眺(ヒロ)がる展望台からの色とりどり景色が、
現実の世界に引き戻す。
落葉を拾いながら、思い出を集める。

Collectes fallen leaves

To rise mountain ground with you,
Carpet fallen leaves of red and yellow widen on road sides,
from the while painted leaf,
sunlight shined in through them.
The wind that invites in memory,
Still always alive kirakira...
Climb alone, what's unknown mountain path, rised like in a trance.
Autumn colour scene brighted from a view place,
I wake up to reality global village.
Pick up life trajectory.

悲しい三日月

白い息がくもる寒い夜に
淋しい悲しさが甦る。
あの頃、ネコのように丸くなって、
泣いていた。
どうする事もできない、
さまよい一人歩きする気持ち、
形のある者の重さに崩れそうになる。
自分の居場所を探し求めて、
揺らめく灯りの夜の街を漂う。
滲む涙で、周りが見えなくなっても、
ただひたすらに前に進む事しかできなくて
耐えきれずうつむく。
心の中に、穴がぽっかり空いたまま、
誰かの影を追い求めて、
やっとここまでたどり着いたけれど、
見つける事ができたのは、
悲しい茶色のネコの目の三日月だけ。
思い切る事ができない、
ネコが、涙を流している悲しい三日月。

Sorrowfully crescent moon

At one cold night, when the white breath is foggy,

a lonely sadness comes back to life.

Back then,

I curled up like a cat and cried.

I can't do anything about it.

I feel like I'm going to collapse under the weight of the wandering.

Walking alone,

and the weight of the from.

In search of my place,

Drifting through the city at night with flickering lights.

Even if the blotting tears malice it impossible to see

what is going on around you,

All I could do was keep moving forward.

Unbearable depression.

With a gaping hole in my heart,

I have chased after someone's shadow and finally arrived here,

but all I could find was a sad brown cat's eye citrine.

I ring in one's mind.

I can't stop thinking about it.

Sorrowfully crescent moon with a cat shedding tears.

ケミストリーゲノムズ

どれ程…だけも　きつく
強く抱きしめられていない。
どれ程…だけも　激しく
想いを伝えきれてはいない。
本当のところ…はっきり
二人は解け合えてはいない。

引き離され、遮断された　叫び、嘆き…
提(た)ち切られた　詛(ちか)い
心臓には、ズキズキとする過去からの
痛みの銃痕の穴跡(きず)だけが、
いつも刻まれ続けている。
本能のままの欲望と野獣性に
翻弄されるばかりの秩序の破綻の現実。

冷淡と拒絶の毒舌
津根間でのあざけり合い
憎しみを抉(えぐ)り取る。
邪の鬼神は血塗る月（の摩可神の）
中枢への正統反逆。
握りしめられた手の指の隙間だけの
ちぎり惆(いたみ)と約束。

突ら抜かれた骨の角
漂(さら)された肉と膜。

寄生する野生と激情そして宿縁、
知識と精神は新生命体化する。

ciel　neuro　crystal
（シエル　ニューロ　クリスタル）
fusion　elixir
（フュージョン　エリクシアー）

虹　脳科学　グラス

融合体　不死薬

アシードからの逃避。

Crystal chemistry genomes

No matter how tight it is
Not hugging tightly.
No matter how intense
I haven't been able to convey my feelings enough The truth is...
The two are not inseparable.

Separated and cut off, screaming, wailing...
break off a vow
The heart throbs from the past
Only the bullet hole marks of pain,
It's always been engraved on.
The greed on instinct and a beast
The reality of the breakdown of order that is just being tossed around.

A venomous tongue of coldness and rejection
Scorn for the Born root
Gouge out the harted at each other.
Sifting out the hatred,
evil Euoke and Moon diablerie desired
Legitimate rebellion as against the antagonistic central command mainfarmes.
That are just the gaps between the fingers of clasped hands,

betrayal tears and promises.

Pierced bone horns
Drifted flesh and membranes.
Parasitic wildness, passion, and innocence,
Knowledge and spirit become new life forms.

Ciel Neuro Crystal
Fusion Elixir
Rainbow Brain Science Glass
The fusion body Immortality medicine
Escape from Aseed.

白い龍と月に帰ったかぐや猫

　白く光る、透き通った空気の大きな月の夜。音が澄んだ夏の闇に、コオロギが密やかに囁きながら、ヒソヒソと話を始めた。
「あの子は、なぁに？」
「金色に輝いていたよね」
「あの子は、ちょっと違っているんだ」
「よその子はしらんぷり」
「鼻も合わせやしない」
　まるで母親のお腹の中で眠るかのように、寄り添い委せる薄れゆく中で、小さな声で呼んだ。
「どうしよう、どうしよう」
「何処に行ったらいいのだろう」
「どうしよう、何処かに隠れなくちゃ」
　昨日の夜は、真っ暗な細いトンネルをただひたすら、問いかけながら歩く夢を見た。
　霞んだ目で揺れる畦道を、たどたどと力なくふらつきながら進む。上がらない脚を引きずりながら、時々疼く痛みに耐えがたさを感じて、涙を滲ませて声も漏らしてすすり泣く。
「音だけが、頼りなのに…」
　間隔で感じ取る事ができなくて、細く長く暗いトンネルをただひたすら、とぼとぼ進んで行く。僅かに残る仲間の臭いを嗅ぎ分け、ただ一人隠れ、潜める場所で息つき眠る。シーンと

ひっそりとひっそりと小さくなって、息を荒げないようにして寂しく丸くなって縮こまる。清閑となった辺には、「ティティティティ」と甲高くコオロギの鳴き声が響き渡るだけになった。

　月のまん丸い、カラッとした夜の日には、
心をあんまりにも明るく
輝らし出すものだから、
悲しくしんみりとした言の葉の束は、
そこだけすっぽりと浮き上がらせる。
寂しみ侘しさを掻きたてさせる
流れる夜空の吹く声は、
大きな椰子(ヤンバル)のため息に似て、
誘われるまんまに又次の深呼吸を促して、
風つむじの車をクルクルと回す。
破れかけたグシャグシャに丸められた
一塊の想い出を抱えながら、
お手玉をするように遊び、虚ろに憂鬱に唄う。
　「お嬢さん、具合が悪くなったのかね？」

　薄くうっすらと、広がりを感じさせる反射の光溜りは、幻想空間に押し留められた幾つもの空気玉の力の膨らみを生み、ふわりとした別空間をつくる。そんな眠りの母の内なる暖める懐かしき育み、月色に煌めく浮遊の神秘の世界を創り出す。鼓動の音、反響と共に反応とリズム

の動きを根付かせ、柔らかな光を招きいれる。
「問いかけてみよう…あなたに…」
「委せるべき想いの反復の場所を」
「この果て片隅の、風の通り抜ける緑ざわめく僻地で、あなたは何を浴び、感じ、潤されるの。誰を思い、望み、守るの」

　その厚く脹(ふく)よかさに満ちる手の平と胸で、かばうように強く包み込みながら語りかける。

　慈しみ眼差しを物憂げに注ぎ、抱きかかえ気使う。わだかまりなく見守り続け、その母の三日月(みかづき)に揺(たゆた)い、何もかもを覆うようなくるまれる勾玉(まがたま)の愛に救われた瞬間。

　（童歌）
　大きなおヒゲがノックする。
　ウルウルおめめがキラキラと
　小さく大きく膨らんで
　ペタリと下の三日月降りてきた。
　右へ左へあやされて
　しっぽのねずみが飛び跳ねる。
　オッカケオッカケ、ボンボンと
　フワフワ毛玉のお通りだ。
　ナデナデ母の身かづきでかかえ込んだら
　お鼻のキッスでネムリンコ。

　すっかりと信じきって縋(すが)りつき寝る。生れたままのいたいけな光の玉の姿に戻り、ふわりと宙をさ迷う。月の鏡に思いの数々を照らし出し

て、絆を結び暮らす合わせ唄。解けあい融合し
あって、引き上げ吸い上げられ、その身体を身
軽なものへと変えた。守られしあどけなき者
が、閑(しずか)夜を司る精霊になり舞い上がる。まん
丸くまん丸くなりながら、子供にもどる。子供
にもどる。柔らかに瞼を重ね合わせて、影の身
仕える者へと形(すがた)を変えた。

　こぼれるばかりに満ち満ちて、一滴(ひとしずく)手の平
に跳ね広がる涙を握りしめる。月に帰った絹
衣(ころも)をまとった銀猫を想い偲び、形(かげ)を追う。柔
らかに目を閉じこと切れた儚い命は、母なる月
の呼びかけに何を泣いて甘えようというのか？
白い土壁が続く箱形の家々に火(アカリ)が点る。人気の
ない町並みに、ほっこりほっこりとうたた寝の
暖もりに似た世界が、風船のように膨らんでは
縮んで、肌身にしっかりと伝わり死(し)美(び)の夢の跡
が甦る。それぞれいびつな癖、発する色鮮やか
な、デコボコ形(かた)はずれの向い合せ鏡の、小さく
大きく勾(まがたま)る。二者憧れし国シルバームーンで
…、自由と本物の愛情育(ちかいいく)まれる。

　（童歌）
　竹の葉ささやく、サワサワと、
　ぬっぽりぬっぽり覗き見る
　見守り見守り風の龍、
　流動立ち止みて、静かに静かに
　より添い解けてほどかれる。
　月の国にて休める眼となり、守り神とな

る。
ここに白い砂となり、十字に留(とど)まる。
白い龍の船となりて、
かぐやの猫と共に勾る。

子供がもどる。子供がもどる。
子供が望む。子供が望む。

White Dragon and returned to moon at Kaguya cat

A big moon. Distinctly moon.
A big be glowing moonlit night with crystal clear air.
In the clear summer darkness, twin crickets began to talk to each other, whispering secretly.

What is that girl?
It was moonlights gold wasn't it?
She's a little different.
The other kitten doesn't know.
She don't even match my nose.

As if sleeping in the womb of a mother,
she called in a small voice as snuggled up to her.

What shall I do?
Where should I go?
What should I do? I have to hide somewhere.
Last night, I dreamed of walking through a narrow tunnel that was pitch black and asking.
She swayed along the ridge road with hazy eyes, staggering helplessly. Dragging does not rise, she feels the occasional aching pain unbearable, and sobs with tears streaming down her face.
The sound rely on me far help only the things.

She couldn't feel it senses, so she just walked through a long
with narrow and dark tunnel.
To smell the few remaining scents of her friend, she breathers
and sleeps in the only places where she hides. as even curl
lonely up.
It quietly shrinks the herself scene and the high-tone crickets
echoed chirr of zi zi zi... in quiet neighborhood.
On a round and crips night day of the moon,
something that makes the heart shine so brightly
so, of the sad and bitter words
the bundle can be lifted only there.
Be stired up loneliness.

The voice of the flowing night sky,
it be similar to sigh of a great Lion,
just as invited, next breath urged him to sigh next deep it and
whirlwind of spinning wheel.
Rolled up crumbly torn
While holding a lump of memories,
They play like beanbags and sing melancholy in the void.
Young lady, are you sick?

The chin, expansive and reflexion lights pool is created a sense
the separate fantasy space by heiding down the many air balls
of power and faint.
Such mother is pregnant warmhearted of nostalgic sleeping,
sparkling wine stile.

The moon world is floating as mystical champagne sparkles.
Battements,
Along with reverberation is rooted by the reaction and movement rhythm,
so, they invited tender lights.

Let's ask...to you...
Thought the future in the hands of God, to be repeat for a place.
In this far corner on this remote of green rustling where the wind passes through.
What do you bathe?
What do you feel?
What do you are moisted?
Who do you think of?
Who do you hope to?
Who do you protect for?
With her thick palms and beasts,
She wraps them tightly as if she were covering by her thick palms and beasts.
A wistful gaze casted on her and to embrace with her care. watching over her without hesitation, her mother.
The moment when I was saved by the love of the magatama that swayed in the crescent moon and wrapped around everything.

(a nursery song)
A big cat's whiskers knock.

Uru uru omeme twinkle of eyes small and large is swelling,
The crescent tongue moon came below of petari.
Right to left being cradled,
A tail mouse jumps.
Occake Occake, with bon bon hopper.
It's fluffy hairball street.
Nade nade mother is holding mi-cat in the arms and belly.
If you take care of mother nemurinko with a kiss on the nose,

She sleeps to believe with her might.
The completely returns to natural apperance as a ball of light and wanders softly in the air.
The bond that together a song illuminate the moon in mirror thoughts.
They melted each other, he pull up, he suckup,
their physicals are lightened for transform.
It protected an innocent child to soar of rule nymph in quiet night.
Round and round, back to the child.
Back to child. back to baby.
Filled tear with spillage. I clench it that spread in the palm of my hand.
I follows the shadow in memory of the silk robed whitegold cat that returned to the moon.
What is the indulgent to it call of mother moon,
that the ephemeral life has closed it's softly eyes.
Light are lit in the box shaped houses disappear with white

clay walls.

In disappear townscape, the resembling world of hokkori hokkori nap swells with a warm,

heart and like swell up a balloon, revives yo them death aesthetics for skin sense.

Each bad habit, color emitted of vividly,

Deco boco bumpy wrong shape and mirror facing each other,

It's curled up into a small ball and a large ball,

In the foreign country of the Whitegold Moon...

a pair nurtured by freedom and genuine love.

(a nursery song)

Bahboo leaf whispering, sawa sawa,

Nuppori nuppori is peeping slinky,

Watching over and watching over the wind Dragon. murmur.

Stop flowing, quiet and quiet,

They are unraveled by snuggling up.

Eyes that can rest in foreign country of the Whitegold Moon,

He become divinite gardienne.

Here stay on white sand at an cross.

Please setties a ship of him, together with Kaguya's cat.

magatamaru.

There children ensure. There children ensure.

There childes wish for. There children wish for.

bemolle b3

　ある小説家は、自分の推理をあの手これやで、殺人実行化してしまっているらしい。仮想マネーの空間の端っこで、創造力を膨らませて大きな穴に、人を巻き込んで引きずり込んでしまっている。羊捜査員は、パラレルフューチャーマシンに乗って、犯罪心理学者に攻っている。捕まえろ！　捕まえろ！　捕まえる！

bemolle b3

The dramatist carry out a self mystery with that way and trick of murderous in rare cases. Virtual money side is cought people in a fall for full by imagination.

A search party swim with the parallel world future machines, sheeps attack to psychologist Answer to crimes.

Catch! Catch! Get!

Rabbits!

銚子午後の守り

藤野天光　千葉県立美術館

12

季候

season

冬蛍

雪蛍　山茶花(サンザカ)に舞う
湯けむり町へのバス旅行
自由と希望の光を求めて

象蛍(ナゾラエ)　井筒の庭に燈(ヒカ)る
千の滝　魚撥(トトハ)ね
ロマネの照明(ライト)　イルミネーション飾り

宙蛍(ソラ)　竹野の浜に待つ
実と想への　鷹の往来
菩薩の輪の孤

焼岳に望う

若芽の季節
まだ 雪衣の残りを纏っている神の山へ
希う 臨む 由る

流木にもたれる 癒される

川のせせらぎに 積まれる星

抹緑のきらめき

サワケラと一緒に

津尾根に祈る。

玉南緒花(タマサキオバナ)

桜咲く
紅枝垂れに　手毬八重
伊達に華やぐ。
玉南緒花　色鮮やかに耀(カガヤ)く
衣の白に乱れ小櫛(オグシ)
白銀の瓢に染み付けて
雲望の道を共に歩く。

イナミ

謎かける　灰色に長く
真っすぐに　スタジアム(球場)まで
マリナーズへの　海のコロニーにまで
伸びて行く　歩道橋　桟(ハシカケル)
彼の足跡を　辿る
遠のく　遠をく
心白(ウス)く　雲になる。

　　　　　　　　　　　　　　　幕張にて

白ら浜

朝靄のサンライズ
銀色の雲　星砂のきらめき
満ちる潮　波の音呼ぶ帯の跡
ビンアートのさくら貝

月花鏡明

　　　　獅子香蘭
　　　　尊善信秘
　　　　麗全深緑
　　　　木高恵美
　　　　柔応衛動
　　　　然詩印象
　　　　月花鏡明

　　　　　北国山中にて

志摩

和真珠の
あこや輝き
映え浮かび
宙の天の川と共に
蒸(ショウ)、神の手描く
白夜(シロ)の金箔

Volonté

Perles japonaizes
Akoya brille
Ça a l'air génial
Avec la voie Lactée dans le ciel
Cuit à la vapeur, peint à la main par Dieu
Feuille d'or du soleil de minuit

海凪のサンセット

海の入江の夕陽
志保らしく　真(マサ)しく映る
金色架十字の枠
燃ゆる地平線　宙球図

Coucher de soleil

Coucher de soleil à l'entrée de la mer.
Reflet discret et fidèle
Cadre de la croix pontée d'or
Horizon brûlant Carte de la boule spatiale

13

短歌
Uta

東京女一人旅

東京へ
恋と希望の
新八卦〔ハッケ〕
萌芽〔モエ〕ルタワーに
知識の源

血清に
浮かぶブルーン
ばらの色
タワーの赤と
青の鯉まり

サーモンの
ベトナム春巻(ルマキ)
女一人旅(ヒトリ)
丸い鏡で
ミダリアの夢

洗礼と
沈勇の塔
灯(サビシビ)　の
青く点照
ナイトの鎗光(ソウコウ)

東京女一人旅

蝦夷(エゾ)鮑(アワビ)
肝のソースに
カプチーノ
怕(オソ)る怖(オソ)るの
極舌鼓(ツヅ)み

よぉ来たの
高見の時計(トケイ)塔
闇エテル
ラ・サンパウル
翳(カザ)し木蓮(モクレン)

東京女一人旅

鴨の内

堀敷き詰める

角形壁
_{カクイヘキ}

二重の眼橋
_{マハシ}

向え逢う待

手皺の象形
_エ

逢わせて寄せる

身ごろ幅

秋の宮内桜と
_{サクラ}

上弦半月に口づけ
_{ユツキ}

寿司の一日

三国一(ミクニイチ)

唄う平目の

秘みつ技

桜葉型箱(サクラカタメ)の

照艶寿(テリハモマ)とめ

逢阪(アフサカ)の

帆立竿(ハシラ)の

梅大字(ヒロメ)

芽榊(ハジカミ)在りて

兜(カブト)と鐙(アブミ)

ひも炙(アブ)り
芥(カラシ) 酢味噌に
絡め畳(ツ)み
木の芽薫るは
遊美(ユウビ)すり鉢

五月風(サツキカゼ)
絹色(シルク)の清粮(ソアン)
肌寒夜(ハダザムヤ)
寝むり猫無垢(ムク)
環(ワ)さびし澄音(スミネ)

恋幟

恋 幟(コイノボリ)
無二姫咲城(ム ニ メ サキシロ)
尾頭の摩間(オズ の マ マ)
伏目逆鎌(フシメ サカマカ)
折羽根堕ちる

一望の
外羽根伸ばし
鶴桜津山(ツル ツヤマ)
川空棟よ(ムネ)
無量の景色よ

希絆(キズナ)

遷(ウツ)り守(カミ)
三津山(ミツイツ)の
天望の
添ヒネリ松
鑓(モリ)の兜(カブト)城(ジロ)備

羽根こ縒(ヨル)る
長(オサ)指広げる
丹頂の
白雪柔毛(ヤワラ)
深く積ねる

お伽草子(トギゾウシ)

桃(ハナ)さがし
さわの方から
目白まる
麗しひな壇(ダ)
ミツ木の不思議

白冷梅(シロオモテ)
秘(ヒソメ)そやかに
笑(タケワラ)う
紅の小指に
尖(ノ)り忍ばせて

丘風車

ミツバタクトで

可動出走
<small>カ ド デ ソウ</small>

スペインノビオ

夢 キャッチ
<small>ドリーム</small>

コツコツと

種まきバラバ

ポット植え

チビかぼ間引き

畑喃辯
<small>ノーベル</small>

お伽草子

^{ハチサンロ}
836
お伽草子の
謎おばけ
緻密錠鍵
クロハエンジン

^{ジーニジュウ}
G20
ソースサウザン
グローバル
ニュキュルアシド
瓶コーティング

蛍の里

言束(タバ)を
飾り装(ヨソオ)う
語り手に
心ときめき
小菊さわめく

籠(コモ)り来て
燈(アカ)りを灯す
戀蛍
二人(フタリ)隠れ逢(ミ)て
鈴の音鳴らす

孤の光
愛 揃い持つ
珠の玉の
深翠と育みて
命重ねる

流れ雲
響き遠のく
すず虫の
龍の宝珠と
併せ対照らす

実母　ミエ子へ

白梅の
臼(ウス)のにぎり手
ふくらかに
母湛(アフレ)える
想い満ち欠け

月思い
折りて遠(トオノ)く
語りべと
鈴成りリンド
流空(ソラ)に響(コダマ)す

柔らかに
金銀揺れる
十三夜
すすきと遊ぶ
満面の月

錦帯
花嫁衣裳
曇射りの
角隠白桐(ツノカクシシロイ)
床の間光紅り(アカ)

夢路

愛猫(マナネコ)の
腹空(ハラカラ)手招ね喜
脚(アシ)裏(シ)誘い

鈴蘭ボタン

ツボ効き戸扉

来(コン)町(マチ)棒気(ス)
結ぶ唇(クチビ)の
秒読みは
堪(コラ)え波她(タ)で
多重渼(ミ)媄(ビ)涙

寒桜
束ねて仰ぐ
立ち姿
女鬼のっぺら
墨染(スミゾメ)口なまこ

すっくりと
天に向く剣
木蘭花(モクレンゲ)
茜(アカネ) 紅色
強がり息遣(ツカ)い

黄泉(ヨミ)の時

約束の
固め遅し身
弔(オク)り出し
言葉(コトハ)次(ツ)め涙(ワラ)
旗揚げ跋(コ)ゆる

黄泉(ヨミ)は砂
更紗羅(サラサラタ)滴れる
金色地(キンイロヂ)
水音恋し
銀色月桐堂(ギンツキトウドウ)

浮見堂
時雨(シグレ)の傘ご
雲霞(キリ)に志(シル)す
門(カド)待ち大主(ノヌシ)
鹿の悲涙と

猿滑

丸味を持たせ
掬(スク)い上げ
抱え添え寄り
居雲(イイ)懐(オモ)う

黄泉の時

横手垣(ヨコテカキ)
かずらの花に
星巻(コマ)き馳(ハセ)る
盛(サカ)り満(ミツ)散る
新露(ツユ)手の平に

誓文に
心尽くして
水注ぐ
山百合束ね
片膝をつく

三国

三国積(ミクニツミ)
意志杖突境防(イシツエトッテ)
和同歌(ワドウウタ)

三国嫁

したり雨
礎和一之松(ソワイチノマツ)
豆哥冬嫁り(マメウッ)

一本儀

三国之(コレ)
松一本儀
寒突(ツイトッテ)防堤

千畝(チウネ)

顔伏せる
呪文呟(ツブヤ)く
寒波(サムナミ)に
轟(トドロ)の伐木(バツモク)
海(ウミ)棒浜(ハ)染(マシミ)る

連歌

八重桜
朧(オボロ)の月に
かかげ待つ
密かに微(シノ)ぶ
鹿おくりきて
　　　　　　山白和

山桜
心をここに
置いておく
ひそりと銀に
抱かれるやごとく
　　　　　　岩城

紫色づくし

春霞
富士色かすむ
半月は
薄紅桜
残り福かな

澄み渡る
空に響くは
鹿の声
紫色(ムラサキ)づくし
春日の山に

一献一吟

しみじみと
肌身にしみる
朝露の
花咲きたゆたう
しだれの桜

鬼玉輿(オニミコシ)

粂(アワ)輪(ワ)たて
待(マツ)満(ミツ)桜
栄(サカ)え越え
鬼の玉輿(ミコシ)の
バンザイ岩見

逸話
Anecdote

エピローグ　心の指紋より

美よ　前にあれ
背後にあれ

美よ　頭上にあれ
眼下にあれ

全ての美よ
僕を囲め

The Sunchaser

Beauté, sois devant, sois derrière

La beauté au-dessous de ta tête, ci-dessous tes yeux

Toute la beauté, de la terre, entoure-moi

半蔀（吹聴風刺）

折りてこそ。たそかれに。
ほのぼの見えし。
花の夕顔、花の夕顔、花の夕顔。
終の宿りは知らせ申しつ。
常には弔らい。おわしませと。
木綿附の鳥の音。鐘もしきりに。
告げわたる東雲。あさまにもなりぬべき。
明けぬ先にと夕顔の宿り。
明けぬ先にと夕顔の宿りの。
また　半蔀の内に入りて、
そのまま夢とぞ　なりにける。

　　　　　　　　　　　　香里七宝会より

Anecdote Demi-longueur Satire soufflante

Seulement en le Pliant.
Au crépuscule.
Ça a l'air fragile.
Gloire du soir des fleurs.
Gloire du soir des fleurs.
Gloire du soir des fleurs.
Je vous informerai de ma
dernière demeure
Pleurer toujours.

Les nuages de l'est proclament.
Cela peut aussi devenir une chose honteuse.
Avant l'aube, le fantôme de yugao habite.
Avant l'aube, le fantôme de yugao habite.
A l'intérieur du rideau...

Le bruit des oiseaux attachés au coton.
Les cloches sonnent également fréquemment.

雨津　秋（あまつ　あき）
Megumi Amatsu（翻訳名）

1967年大阪府に生まれる。ラグビーの町花園に住む。子供のころより短編ストーリー、詩の創作を始める。その後、哲学的イギリス叙情詩的表現をするスピリットを学ぶ。印象派、シスレーなどの絵画に影響され、季節感溢れる情景の感受詩の魅力を追求している。今回編集に初挑戦。
表紙の絵は自身の作品。
動物好きで乗馬ライセンス３級取得者。
著書に『叙情詩歌集　Tanzanite Sunrise』（講談社エディトリアル）がある。

叙情詩歌集
Blue Moon Tanzanite
2024年11月8日　初版第１刷発行

著　　者　雨津　秋
発行者　　中田　典昭
発行所　　東京図書出版
発行発売　株式会社 リフレ出版
　　　　　〒112-0001　東京都文京区白山 5-4-1-2F
　　　　　電話 (03)6772-7906　FAX 0120-41-8080
印　　刷　株式会社 ブレイン

© Aki Amatsu
ISBN978-4-86641-805-6 C0092
Printed in Japan 2024

本書のコピー、スキャン、デジタル化等の無断複製は著作権法上での例外を除き禁じられています。本書を代行業者等の第三者に依頼してスキャンやデジタル化することは、たとえ個人や家庭内での利用であっても著作権法上認められておりません。

落丁・乱丁はお取替えいたします。
ご意見、ご感想をお寄せ下さい。